魔法圖書館⑩
長靴貓的戰鬥

人物介紹

佳ㄐㄧㄚ妮ㄋㄧˊ

責任感很強，在范特西爾經歷一連串冒險後，鍛鍊出敏銳的直覺與卓越的智慧。和妹妹妮妮是最佳夥伴。

妮ㄋㄧˊ妮ㄋㄧˊ

個性隨和，無論是人類或動物，都沒有任何偏見而是以真心對待。總是以開朗的個性讓周圍的人感到幸福。

長ㄔㄤˊ靴ㄒㄩㄝ貓ㄇㄠ

態度偶爾有點冷淡、傲慢，但總是以他特有的可愛外形和傑出才智，散發讓人無法抵擋的魅力。

蒙堤

外表可愛，卻是會吃人的食人鬼，和長靴貓是死對頭。覺得家人比任何事物都重要。

卡拉巴斯

長靴貓的主人，也是一位心地善良的國王。如果有人需要幫助，他會毫不猶豫的伸出援手。

托米

守護波普斯魔法圖書館的大魔法師，雖然因為魔咒而變成液體狀，仍然為了范特西爾奮戰。

黑魔法師

一心想搶走黃金書籍的壞魔法師，在他想支配范特西爾的野心背後，究竟藏著什麼祕密？

目錄

序章　惡夢中的少年

你是誰？

我明明沒見過你，

卻覺得像是已經認識很久的人。

第1章

黑魔法師的攻擊

　　佳妮和妮妮走進波普斯魔法圖書館，雖然館內的裝潢很漂亮，但姐妹倆沒有心情欣賞，而是加快腳步尋找托米。

　　佳妮因為剛剛做的惡夢，更覺得緊張與不安。

我做了了惡夢，雖然不記得內容，但覺得范特西爾好像要發生不好的事了。

姐姐，你為什麼這麼擔心？

　　佳ㄐㄧㄚ妮ㄋㄧˊ和ㄏㄜˊ妮ㄋㄧˊ妮ㄋㄧˊ來ㄌㄞˊ到ㄉㄠˋ波ㄅㄛ普ㄆㄨˇ斯ㄙ魔ㄇㄛˊ法ㄈㄚˇ圖ㄊㄨˊ書ㄕㄨ館ㄍㄨㄢˇ的ㄉㄜ魔ㄇㄛˊ法ㄈㄚˇ噴ㄆㄣ泉ㄑㄩㄢˊ前ㄑㄧㄢˊ，噴ㄆㄣ泉ㄑㄩㄢˊ中ㄓㄨㄥ央ㄧㄤ的ㄉㄜ魔ㄇㄛˊ法ㄈㄚˇ師ㄕ雕ㄉㄧㄠ像ㄒㄧㄤˋ不ㄅㄨˋ斷ㄉㄨㄢˋ湧ㄩㄥˇ出ㄔㄨ清ㄑㄧㄥ澈ㄔㄜˋ的ㄉㄜ泉ㄑㄩㄢˊ水ㄕㄨㄟˇ。兩ㄌㄧㄤˇ人ㄖㄣˊ剛ㄍㄤ走ㄗㄡˇ近ㄐㄧㄣˋ，噴ㄆㄣ泉ㄑㄩㄢˊ隨ㄙㄨㄟˊ即ㄐㄧˊ分ㄈㄣ成ㄔㄥˊ兩ㄌㄧㄤˇ半ㄅㄢˋ，下ㄒㄧㄚˋ方ㄈㄤ出ㄔㄨ現ㄒㄧㄢˋ一ㄧ個ㄍㄜˋ神ㄕㄣˊ祕ㄇㄧˋ的ㄉㄜ空ㄎㄨㄥ間ㄐㄧㄢ。

　　「是ㄕˋ黃ㄏㄨㄤˊ金ㄐㄧㄣ書ㄕㄨ籤ㄑㄧㄢ！」

　　佳ㄐㄧㄚ妮ㄋㄧˊ帶ㄉㄞˋ著ㄓㄜ妮ㄋㄧˊ妮ㄋㄧˊ走ㄗㄡˇ進ㄐㄧㄣˋ噴ㄆㄣ泉ㄑㄩㄢˊ下ㄒㄧㄚˋ方ㄈㄤ的ㄉㄜ神ㄕㄣˊ祕ㄇㄧˋ空ㄎㄨㄥ間ㄐㄧㄢ，在ㄗㄞˋ范ㄈㄢˋ特ㄊㄜˋ西ㄒㄧ爾ㄦˇ找ㄓㄠˇ到ㄉㄠˋ的ㄉㄜ九ㄐㄧㄡˇ張ㄓㄤ黃ㄏㄨㄤˊ金ㄐㄧㄣ書ㄕㄨ籤ㄑㄧㄢ，正ㄓㄥˋ靜ㄐㄧㄥˋ靜ㄐㄧㄥˋ的ㄉㄜ飄ㄆㄧㄠ浮ㄈㄨˊ在ㄗㄞˋ泉ㄑㄩㄢˊ水ㄕㄨㄟˇ上ㄕㄤˋ方ㄈㄤ。

　　「這ㄓㄜˋ些ㄒㄧㄝ黃ㄏㄨㄤˊ金ㄐㄧㄣ書ㄕㄨ籤ㄑㄧㄢ是ㄕˋ我ㄨㄛˇ們ㄇㄣ努ㄋㄨˇ力ㄌㄧˋ的ㄉㄜ成ㄔㄥˊ果ㄍㄨㄛˇ，這ㄓㄜˋ段ㄉㄨㄢˋ時ㄕˊ間ㄐㄧㄢ真ㄓㄣ的ㄉㄜ發ㄈㄚ生ㄕㄥ了ㄌㄜ很ㄏㄣˇ多ㄉㄨㄛ事ㄕˋ。」

聽到妮妮說的話，佳妮也暫時拋開擔憂，露出與有榮焉的笑容。

「不知不覺就蒐集到九張黃金書籤了。」

這時候，姐妹倆身後傳來托米焦急的聲音。

快來幫我！

佳妮和妮妮轉頭一看，托米正用力擋住神祕空間的門。

　　「黑魔法師在門外！」托米慌張的大喊。

　　佳妮驚訝的問：「他是怎麼進入波普斯魔法圖書館的？」

　　托米好不容易才擠出說話的力氣。「我不知道！如果門打開就慘了，你們快來幫我！」

　　「知道了！」

　　姐妹倆剛抬起腳，準備走到托米身邊，和他一起阻止黑魔法師的時候，一陣黑煙緩緩的從門縫飄進神祕空間裡，接著越來越多。

喇叭喇叭喇叭喇叭喇叭！

　　托米拼命擋住的門被大力推開，黑魔法師就站在門口。

「原來在這裡啊！」

　　黑魔法師朝飄浮在空中的黃金書籤伸出手。

　　從黑魔法師手上發出的黑煙，像一群蝙蝠般團團圍住九張黃金書籤。

　　為了不讓黑魔法師得逞，妮妮挺身擋在黃金書籤前方。「住手！」

　　「妮妮，小心！」

　　佳妮急忙護住妮妮，姐妹倆的眼前被黑煙籠罩，頓時變得一片漆黑，什麼都看不到。

　　「快趴下來！」

姐妹倆趕緊照著托米說的話做。

過了一陣子，瀰漫在整個神祕空間中的黑煙才逐漸散去。

佳妮和妮妮心驚膽戰的抬頭一看，卻發現黃金書籤和黑魔法師都消失了。

「我們蒐集回來的黃金書籤都被搶走了！」佳妮不甘心的跺腳。

妮妮跌坐在地，忍不住大哭起來。「我們那麼辛苦的蒐集黃金書籤……」

托米也沮喪不已，但是他忽然想起一件事。「佳妮、妮妮，現在還不能放棄！」

「我們還能怎麼做？黑魔法師把所有黃金書籤都帶走了。」妮妮難過的說。

「黃金書籤總共有十張，現在在范特西爾裡，還有一張沒被找到的黃金書籤。」

托米這番話讓姐妹倆困惑的看著彼此。

「雖然還沒找到的那張黃金書籤也很重要，但是應該先找回被搶走的九張吧？」

「可是我們不知道黑魔法師在哪裡，要怎麼找回黃金書籤呢？」

托米自信滿滿的回答姐妹倆的疑問。「黑魔法師的目標是得到十張黃金書籤，所以……」

　　佳妮立刻猜到托米的意思。「只要我們先找到第十張黃金書籤，黑魔法師就會為了搶走它而出現在我們面前，對吧？」

　　托米點點頭，佳妮和妮妮也打起精神，因為這說不定是一次拿到十張黃金書籤的好機會。

　　「托米，你在這裡守護波普斯魔法圖書館，我們去找黃金書籤！」妮妮鬥志高昂的說著。

拜託你們了！

　　托米帶著佳妮和妮妮來到波普斯魔法圖書館的陽臺，前往《彼得潘》王國時搭乘過的蛋糕幽浮隨即飛來，載著姐妹倆迅速出發。

第2章 傲嬌貓咪登場

　　蛋糕幽浮載著佳妮和妮妮來到一座森林裡，兩人疑惑的看向四周。因為急著出發，她們連目的地是哪個王國都來不及問托米。

　　「姐姐，你覺得這裡是哪個故事的王國？」

　　「不知道，這裡只有草和樹木，我猜不出來。」

　　姐妹倆沿著森林裡唯一的小徑往前走。

　　「姐姐，那裡有一隻貓咪！」

　　妮妮指著前方不遠處，那裡有一隻橘色的貓正躺在草地上休息。

　　「妮妮，我們還不知道這裡是哪裡，小心一點……」

　　佳妮還沒說完，妮妮就往貓咪的位置跑去，佳妮只好緊跟在後。

24

貓_{ㄇㄠ}咪_{ㄇㄧ}，
你_{ㄋㄧˇ}好_{ㄏㄠˇ}。

「你們好。這身打扮……你們是從現實世界來的旅行者吧？歡迎來到我們的王國。」

「貓說話了！」

「別大驚小怪，你又不是第一次在范特西爾遇到動物說話。」

「說得也是，但這孩子看起來有點特別。」

「開什麼玩笑！我竟然被你這個小女孩當成孩子！」

「那我們應該怎麼稱呼你？我們是佳妮和妮妮。」

「我的名字是長靴貓，是服侍過卡拉巴斯國王的偉大貓咪。」

「那這裡就是《穿靴子的貓》的王國囉？」

「對。我的主人卡拉巴斯出生於平凡的家庭，是三兄弟中的老么。多虧我，主人才能登上王位。」

「我記得他們三兄弟各自繼承了不同的財產。」

「沒錯，大哥約翰繼承了磨坊，二哥彼得繼承了驢子。」

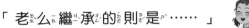「老么繼承的則是……」

「就是我！聰明、強壯，還會說話的帥氣貓咪！」

「長靴貓，你可以幫幫我們嗎？范特西爾有危險了！」

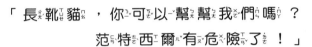「黑魔法師搶走了九張黃金書籤，如果連這個王國的黃金書籤都落入他手中，范特西爾就會有大麻煩。」

「你知道這個王國的黃金書籤在哪裡嗎？」

「我不知道，但我的主人應該知道，需要我帶你們去找他嗎？」

「可以嗎？太好了！」

「但是為了展開新冒險，我需要新的衣服和長靴。你們必須提供讓我滿意的新衣服和長靴，我才願意幫助你們。」

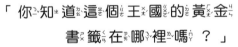

佳妮和妮妮從魔法之書拿出各式各樣的衣服和長靴。

「這些都不怎麼樣。」長靴貓對姐妹倆拿來的衣服和長靴不屑一顧。

妮妮忍不住催促長靴貓：「你隨便挑一個啦！」

「要我穿這麼俗氣的衣服和長靴，我寧願裸體跑來跑去！」

「你本來就是裸體啊！」

聽了妮妮的話，長靴貓不高興的趴下來，絲毫不理會姐妹倆的勸說。

「我們請托米幫忙吧！畢竟他是知名的大魔法師。」

佳妮對妮妮說的話正巧被托米聽到，於是他從魔法之書探出頭來。

「不可以拿我的衣服和長靴！」

「大魔法師托米的衣服和長靴？我有點興趣了。」

長靴貓忽然起身，走到佳妮和妮妮面前坐下來。

「就說不行了，那些是我寶貴的衣物啊！」托米苦苦哀求，卻被姐妹倆拒絕。

妮妮把手伸進魔法之書，透過魔法連結到托米的衣櫃，並在裡面翻找。「為了找到最後一張黃金書籤，你就犧牲一下吧！」

眼看抗議無效，托米心有不甘的回到魔法之書，妮妮則拿出一套托米的衣服和長靴。

「長靴貓，這身衣物怎麼樣？這可是范特西爾知名大魔法師托米的打扮喔！」

長靴貓穿上妮妮拿給他的衣物，接著表演了跑步、跳高，甚至後空翻等一連串俐落的動作。「很好，我很滿意。」

拔出配戴在腰間的劍，長靴貓威風凜凜的揮舞。「黑魔法師？我一劍就能打敗他！」

為了見卡拉巴斯國王，一行人浩浩蕩蕩的出發了。

路上碰到高聳的草叢時，長靴貓都會體貼的揮劍砍草，方便姐妹倆前進。走了一陣子後，他們的面前出現了一座美麗的城堡。

　　「這裡就是卡拉巴斯國王住的城堡，只要報上我的名字，主人馬上就會出來見你們。」

　　佳妮和妮妮起初以為是長靴貓在吹牛，但是長靴貓一走近，大門侍衛先是親切的問候，接著立刻幫他們開門，姐妹倆這才相信長靴貓說的話。

　　姐妹倆和長靴貓只在大廳待了一會兒，卡拉巴斯就來見他們了。即使歲月流逝，長靴貓和卡拉巴斯的感情還是很好。

　　「長靴貓，好久不見，你的新長靴真帥氣！」

　　「主人，之後再敘舊吧！發生緊急事件了！」

　　長靴貓跳到卡拉巴斯的王冠上，向他說明狀況。

原來如此。

　　「主人，你知道這個王國的黃金書籤在哪裡嗎？」

　　「在我這裡，但是前幾天約翰哥拿走了。」卡拉巴斯一邊輕撫從王冠上下來的長靴貓，一邊回答。

　　長靴貓轉身就要帶佳妮和妮妮離開，卡拉巴斯急忙說：「等一下，比起你們自己去，和我一起會更快，約翰哥才能放心的交出黃金書籤。」

第3章

麵包店的陷阱

卡拉巴斯做好外出的準備，再次來到佳妮和妮妮面前，卻讓姐妹倆嚇了一跳——因為他穿著平民的服裝。

長靴貓興奮的翻了一個後空翻。「這身裝扮讓我想起主人成為國王之前的事。主人，你不管穿什麼衣服都很帥氣呢！」

「謝謝你。我只是覺得這身衣服更方便行動。」卡拉巴斯被稱讚而紅了臉，害羞得趕緊帶領長靴貓和姐妹倆搭上馬車。

馬車離開王宮，走了好一陣子，迎面而來的是寬闊的原野和湖泊，以及高矮不一的樹木。

妮妮輕拍縮起身子打瞌睡的長靴貓。「長靴貓，什麼時候會到？」

長靴貓伸個懶腰，將身子探出馬車外。

在卡拉巴斯的帶領下，一行人走進約翰的磨坊兼麵包店，琳瑯滿目的麵包隨即出現在他們面前。

「哇啊！這裡是天堂嗎？」

妮妮朝藍莓蛋塔伸出手，長靴貓的劍瞬間就把那個藍莓蛋塔戳走。

「主人沒允許，不能伸手拿。」

妮妮嘟嘴看向長靴貓，他正用沒拿劍的那隻手，拿著玉米麵包吃得津津有味。

「那你為什麼可以吃？」

長靴貓假裝沒聽到妮妮的話，跳到櫃子上方休息。佳妮則是好奇的參觀店內。

「為什麼沒有客人？」佳妮疑惑的開口。

卡拉巴斯朝店後方大喊：「約翰哥，你在嗎？」

沒一會兒，店後方出現了一個體格健壯的人。

「卡拉巴斯，好久不見，你帶了朋友來玩啊！」

「約翰哥，抱歉，我們有急事，沒空吃麵包。」

「什麼事？」

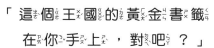「我們必須趕在黑魔法師之前找到黃金書籤。」

「這個王國的黃金書籤在你手上，對吧？」

「黃金書籤……我想起來了，沒錯，在我這裡。」

「太好了！」

「卡拉巴斯很迷糊，所以由我保管比較妥當，我就把它放到地下室倉庫裡。」

「嗯……」

佳妮、妮妮和卡拉巴斯跟著約翰走向地下室，長靴貓則跳到約翰的頭上坐著。

「約翰叔叔，你的頭和以前不太一樣，我坐起來的感覺變了。」

「哈哈哈！怎麼可能，你想太多了。」

「長靴貓，你這樣太沒禮貌了，快下來！」

「對啊！約翰叔叔應該覺得很重吧！」

「沒事、沒事。」

「約翰叔叔都說沒事了，你們別大驚小怪，我就是喜歡坐在人類的頭上。」

「呵呵！我當初也花了一段時間才習慣。」

「約翰叔叔，你以前總是流很多汗，今天你的頭還真是乾爽。」

「因為今天的天氣比較涼快吧！」

「是這樣嗎？」

走過長長的階梯，一行人來到地下室倉庫，中央放著一臺巨大的烤爐。

「那臺烤爐平常不會使用，我就把黃金書籤藏在裡面。」

佳妮好奇的問約翰：「為什麼放在烤爐裡？萬一忘記而不小心生火，燒到黃金書籤怎麼辦？」

「誰能想到貴重的黃金書籤會藏在這裡？而且我能分辨麵包和黃金書籤，不會犯下這種錯誤的。」

佳妮皺起眉頭，不太能接受這個解釋，接著約翰又開口了。「這臺烤爐又大又深，大家一起進去找黃金書籤吧！」

這回換妮妮充滿疑問。「一個人進去找就可以了，沒必要所有人都進去吧！」

約翰搖搖頭。「不行，必須大家一起進去。」

「為什麼？」

「你問為什麼……」

咚！

約翰把佳妮一行人都推進烤爐後，用力的關門並上鎖。

卡拉巴斯用力敲打緊閉的門。「約翰哥，你要做什麼？快開門！」

烤爐的門從外面打開了一部分，隨即出現一張藍色的臉。「你現在還覺得我是你哥哥嗎？」

「食人鬼！」卡拉巴斯嚇得往後跌坐。

在隨後點起的烤爐火光映照下，食人鬼大大的眼睛和銳利的牙齒顯得更可怕。

「可惡！」

長靴貓拔出腰間的劍，卻破壞不了烤爐的門。

烤爐內部越來越燙，炙熱的蒸氣燻得每個人的眼睛刺痛，呼吸也越來越困難。

　　「這樣下去，我們都會完蛋！」妮妮緊張的大喊。

　　這時候，長靴貓拿出一件魔法披風，走到烤爐中間。

「如果不想被烤熟，就緊緊靠在我身邊！」

　　長靴貓用力一甩，魔法披風就覆蓋住三人。原本下一秒就像要被烤熟的眾人，頓時感受不到熱氣了。

　　「為了逃出去，我要用點計謀，你們要配合我唷！」長靴貓對大家眨了眨眼睛。

妮妮非常好奇。「我們要怎麼配合你？」

長靴貓問妮妮：「你能從魔法之書召喚長頸鹿和犀牛嗎？」

「可以，但是牠們的體型很大，烤爐會崩塌，我們也會被踩扁。」妮妮回答。

佳妮忍不住問長靴貓：「你到底要做什麼？」

長靴貓對佳妮和妮妮說了他的計劃，姐妹倆隨即露出笑容。

用相片就可以了。

因為裡面沒有傳出慘叫聲，在烤爐外面的食人鬼感到疑惑，於是打開烤爐的門，發現佳妮一行人竟然還有說有笑。

「你們在做什麼？裡面不燙嗎？」食人鬼錯愕的問道。

「溫度剛剛好，很舒服。為了打發時間，我們正在舉行『找出世界最強動物』的大會呢！」

長靴貓從懷裡拿出兩張相片。

「左邊是長頸鹿，右邊是兔子，你們認為誰更屬害？」

嘿！

看招！

長靴貓一說完，佳妮、妮妮和卡拉巴斯都指向兔子。食人鬼見狀，難以理解的抓抓頭。「長頸鹿更屬害吧？牠們的體型差這麼多！」

長靴貓又拿出兩張相片。「螞蟻和犀牛，誰更厲害呢？」

　　大家立刻回答：「螞蟻。」

　　「才不是，當然是犀牛！」

　　食人鬼越說越鬱悶，忍不住整個人鑽進烤爐裡，想說服佳妮等人。

　　「兔子怎麼可能比長頸鹿厲害！螞蟻也不會比犀牛強！」

　　食人鬼生氣的說著，長靴貓像是沒聽到似的，繼續提出問題。

「如果螞蟻和兔子打架……」

「螞蟻一定會贏！」卡拉巴斯搶先回答。

「沒錯，因為螞蟻超厲害！」

「螞蟻是世界上最強的動物！」

佳妮和妮妮也附和卡拉巴斯的話，讓食人鬼氣得再也聽不下去，於是用魔法把自己變成一隻螞蟻。

「你們看好了，螞蟻的體型這麼小，怎麼可能贏得了兔子！」

你這句話是什麼意思？

你看起來真好吃！

長靴貓一口吞下變成螞蟻的食人鬼，接著滿足的摸摸肚子。

　　佳妮和妮妮嚇了一跳，但很快想起有更重要的事。「不知道這個食人鬼有沒有同夥，我們快逃吧！」

　　一行人立刻逃到烤爐外，準備爬上樓梯。就在此時，卡拉巴斯指著旁邊的小房間說：「那裡好像有聲音！」

　　「卡拉巴斯，快來救我！」

　　原來真正的約翰被食人鬼關在小房間裡，雖然大家想救他出來，但門上有一個巨大的鎖。

　　「鑰匙是在食人鬼手上！」

　　約翰的話讓大家一起看向長靴貓，長靴貓則張大了嘴巴。

你們要進去我的肚子裡，向食人鬼拿鑰匙嗎？

別開玩笑了！

妮妮思考了一會兒，接著從魔法之書拿出萬能鑰匙開鎖，滿身大汗的約翰終於得救了。

「約翰哥，你沒事吧？」

「我沒事。我還以為找到一個好員工，竟然是食人鬼假扮的。本來覺得那雙結實的手臂很適合做麵包，沒想到是用來把我關起來的。」

看到約翰還有心情開玩笑，卡拉巴斯七上八下的心才終於平靜下來。

長靴貓跳到觸感熟悉的頭上坐下來。「約翰叔叔，你知道黃金書籤在哪裡嗎？」

「早在食人鬼來之前，我就把黃金書籤交給彼得了。」約翰得意洋洋的回答。

知道黃金書籤還沒被黑魔法師搶走，佳妮和妮妮這才鬆了一口氣。

「我們趕快去找彼得哥吧！」

卡拉巴斯說完，大夥兒就向約翰道別，離開麵包店。

第4章

洞穴裡的藏寶箱

佳妮一行人抵達彼得所在的薰衣草山坡，這裡是王國裡最受歡迎的觀光景點。

「卡拉巴斯，你怎麼來了？」

「彼得哥，好久不見！」

彼得笑著回答：「正確來說是238天不見。」

佳妮擔心彼得也被食人鬼冒充，在她向卡拉巴斯使眼色，要他小心一點的時候，妮妮率先問道：「他會不會也是食人鬼假扮的？」

卡拉巴斯對姐妹倆比出大拇指。「放心，他是貨真價實的彼得哥，因為他算數很精準，食人鬼沒辦法做到這個程度。」

卡拉巴斯這番話讓姐妹倆放下心來。

「我們是為了找黃金書籤而來。」佳妮對彼得說道。

妮妮接著說：「黃金書籤在你這裡，對吧？」

「沒錯。約翰哥給我後，我把黃金書籤放進老舊的藏寶箱中，再藏到懸崖盡頭的洞穴裡，這樣更安全。」

彼得的話讓大家苦惱的皺起眉頭，因為他們對這裡不熟悉，懸崖的路程又危險，恐怕要花上很多時間。

於是卡拉巴斯問：「彼得哥，你可以帶我們去嗎？」

「我要等客人上門租驢子，如果離開一小時，損失的金額是……」

出發！

　　看著專心計算的彼得，長靴貓忽然跳到旁邊一隻驢子的背上。

　　「彼得叔叔，你不用帶我們去，我們向你租驢子，這樣更快呢！」

　　彼得的眼睛一亮，覺得這是個好主意，趕緊再牽出一隻驢子。

　　佳妮和妮妮騎一隻驢子，卡拉巴斯和長靴貓則騎另外一隻，一行人就出發前往懸崖盡頭的洞穴。

他們剛出發沒多久就遇到難題，狹窄小徑的下方是陡峭的懸崖，必須小心翼翼的前進。

「沒踩好就會掉下去！」妮妮不安的看向深不見底的懸崖。

沒想到妮妮的話剛說完，因為腳踩空而受到驚嚇的驢子就把上半身立起來，前腳在空中揮舞，讓姐妹倆嚇得大叫。

「救……命……啊！」

由於佳妮和妮妮騎的驢子陷入恐慌，導致卡拉巴斯和長靴貓騎的驢子也開始騷動。

眼看兩隻驢子、三個人和一隻貓即將掉入萬丈深淵的時候，妮妮趕緊從懷裡拿出魔法之書。

「托米，幫幫我們！」

托米從翻開的書頁中現身，隨即伸展自己極具彈性的身體，好不容易才撐住佳妮和妮妮騎的驢子，卡拉巴斯和長靴貓騎的驢子也平靜下來，一行人總算逃過一劫。

托米剛消失沒多久，卡拉巴斯就因為沒坐好而重心不穩，雙手也鬆開了韁繩，身體隨即從驢子上滑落。

　　卡拉巴斯害怕的大喊：「長靴貓，救救我！」

　　「主人，我抓住你了！」

　　長靴貓抓住卡拉巴斯的衣服下襬，後腳則像塗了強力膠似的緊緊踏在崖壁上，靴子則發出耀眼的光芒。

喝啊！

長靴貓用力一拉，卡拉巴斯便被甩回到驢子身上，平安度過危險。

「原來托米的衣服和長靴具有魔力，真不愧是大魔法師。」妮妮不禁感嘆。

一行人又走了一會兒，佳妮指著前方，對大家說：「你們看那裡！」

路的盡頭有一個洞穴，大夥兒從驢子上下來，走進洞穴一看，就發現彼得說的老舊藏寶箱。

雖然想趕快打開來看，但藏寶箱上滿滿的灰塵和蜘蛛網，讓佳妮無法輕易動手。

「交給我吧！」

妮妮用腳輕輕一踢，藏寶箱的蓋子就打開了。

「這個藏寶箱竟然連鎖都沒有……」看到藏寶箱內部，妮妮頓時沮喪的再也說不出話來。

佳妮也失望的跌坐在地上。「裡面什麼都沒有……」

此時，妮妮指著藏寶箱附近的地面。「姐姐，好像有人來過這裡！」

　　佳妮站了起來，看向妮妮指的地方。「對耶！這是腳印吧？」

　　「難道是腳印的主人把黃金書籤拿走了？」

　　長靴貓也走到藏寶箱旁邊，順著腳印看向遠方。「腳印往外一直延續下去。」

　　長靴貓的話剛說完，洞穴裡就傳來奇怪的聲音。

他們緊張的看著彼此，突然間，佳妮頭上掉落了些許沙塵。

看到這個景象的卡拉巴斯忽然想通了，睜大眼睛並對著大家喊道：「快跑！」

轟轟轟轟！

洞穴的頂部隨著怪聲一起崩塌，大家全力奔跑，好不容易才逃出來，但是卡拉巴斯不小心被石頭擊中，腳受了傷。

「必須趕緊治療。」

長靴貓把卡拉巴斯揹到驢子背上，讓他回去薰衣草山坡，請彼得協助他就醫。

佳妮和妮妮很擔心卡拉巴斯的傷勢，想跟上去照顧他，但卡拉巴斯卻婉拒姐妹倆的好意，讓她們趕快去找黃金書籤。

第5章 食人鬼的城堡

　　和卡拉巴斯分開後，佳妮、妮妮和長靴貓循著可疑的腳印往前走，不久之後，一座看起來很詭異的城堡出現在他們眼前。

　　被城堡的陰森氣氛嚇到的佳妮和妮妮，內心不斷祈禱腳印朝向的地方不是那座城堡，但是打頭陣的長靴貓一直走到城門前才停下腳步。

「腳印真的通往這裡嗎？」

長靴貓毫不猶豫的回答佳妮：
「就是這裡。」

這時候，城門被打開了一點，有
個人影探出頭來。他的個子很小，有
著藍色的臉和尖銳的牙齒，眼睛和鼻
子則圓滾滾的，就像變身成約翰的食
人鬼一樣，顯然是個小食人鬼。

　　長靴貓和小食人鬼互瞪著，妮妮看到他們的互動，好奇的詢問：「原來你們認識啊！你們是朋友嗎？」

「我們才不是朋友！」

　　長靴貓和小食人鬼很有默契的同時大喊，讓妮妮嚇得後退兩步。

　　長靴貓氣呼呼的說：「蒙堤，是你拿走黃金書籤的嗎？快交出來！」

　　「你先為把我的家人抓來吃的事道歉！」蒙堤也不甘示弱的回擊。

「你說的是哪時候的事？我今天早上也抓了一隻食人鬼來當早餐，你要進入我的肚子裡找他嗎？」

　　長靴貓湊到蒙堤面前並張大嘴巴，顯然是故意要惹蒙堤生氣。

　　「你們別吵了！蒙堤，你可以先把黃金書籤還給我們嗎？」佳妮站出來制止長靴貓和蒙堤。

「如果黃金書籤被黑魔法師搶走，范特西爾可能會被他破壞，變成廢墟！」

妮妮也試圖勸架，但長靴貓和蒙堤仍然僵持不下。

「我們今天做個了結吧！」

「好，直到一方認輸為止！」

長靴貓跟著蒙堤走進城堡，佳妮和妮妮趕緊追上。

「看我這招！」蒙堤從懷裡拿出某個東西並丟到地上。

「老鼠！」

與驚慌失措的姐妹倆不同，長靴貓的眼睛一一亮。「抓老鼠是我最擅長的遊戲！」

「喵喵喵喵！」

　　長靴貓的速度非常快，可是逃亡的老鼠更快，佳妮和妮妮都快看不清楚他們的動作了。

　　「現在不是抓老鼠的時候！」

　　長靴貓對妮妮說的話充耳不聞，只顧著和老鼠玩追擊戰。

眼看這場貓追老鼠的追擊戰短時間內無法結束，於是佳妮和妮妮走近蒙堤，希望可以說服他。

然而，在姐妹倆說話前，蒙堤就氣勢洶洶的搶先開口：「在長靴貓把我的家人吐出來之前，要我把黃金書籤還回去？想都別想！」

姐妹倆你看我，我看你，最後做出決定。「知道了，我們會把長靴貓帶過來。」

佳妮思考了一會兒。「妮妮，你從魔法之書拿一些貓咪玩具出來。」

妮妮點點頭，接著從魔法之書拿出一支掛著魚形布偶的逗貓棒，交給佳妮。

佳妮朝長靴貓揮舞逗貓棒。「長靴貓，是你喜歡的魚唷！」

「喵！」

上一秒還興奮追著老鼠的長靴貓，此刻眼裡只剩下魚，因此全力奔向姐妹倆，然後被妮妮一把抱住。

妮妮抱著長靴貓，和佳妮一起走向蒙堤。「你可以把黃金書籤還給我們了嗎？」

　　蒙堤搖搖頭。「不行，我的家人還在這傢伙的肚子裡。」

　　妮妮瞪著懷中的長靴貓。「快把蒙堤的家人吐出來！」

　　「我不要，蒙堤必須在決鬥中贏過我！」

　　長靴貓為了離開妮妮的懷抱而不斷掙扎，讓姐妹倆十分無奈。

　　「你們知不知道黃金書籤有多重要啊！」忍無可忍的佳妮對著蒙堤和長靴貓大喊。

 **原來在這裡。**

　　令人毛骨悚然的聲音從背後傳來，同時四周迅速被黑煙籠罩，佳妮和妮妮慌張的轉頭一看——

70

「來自現實世界的旅行者如果在范特西爾丟了小命，會從所有人的記憶裡消失喔！」

黑魔法師突如其來的威脅話語，讓姐妹倆頓時嚇得臉色發白。

「別說了，你騙人！」

看到佳妮摀住耳朵，黑魔法師笑得更得意了。「托米肯定沒和你們說過這件事，因為他要使喚你們做牛做馬，萬一你們知道後，嚇得連夜逃跑就糟了。」

「托米才不會這樣想！」妮妮也鼓起勇氣大喊，但抱著長靴貓的手卻微微發抖。

發現姐妹倆其實很害怕的長靴貓，深吸了一口氣，接著他的身體就像氣球一樣迅速變大。

體型變大的長靴貓張大了嘴巴，接著一口把黑魔法師吸進肚子裡。

佳妮和妮妮先是目瞪口呆，然後圍著長靴貓高興的蹦蹦跳跳。

「長靴貓，你太厲害了！原來你有這麼厲害的絕招！」

「你在麵包店的時候為什麼不使出這招？」

長靴貓懶洋洋的伸了懶腰。「如果我的體型變得這麼大，烤爐和房子都會被撐垮，你們也會被壓扁，所以我不能在麵包店用這招。」

佳妮環視四周，發覺好像少了一個人。「蒙堤人呢？」

妮妮努力回想蒙堤何時消失的。「該不會是把黑魔法師吞下肚的時候，一起吸進去了？」

姐妹倆慌張的看向長靴貓圓滾滾的肚子。

長靴貓也低頭看了看自己的肚子。「嗯……看了就討厭的東西一起不見，這樣不是更好嗎？」

「才不好！黃金書籤在蒙堤手上啊！」佳妮大喊。

「姐姐，不如我們進去長靴貓的肚子裡找吧！」

佳妮正要開口反對，長靴貓瞬間就把姐妹倆吞進肚子裡。

哇啊啊！

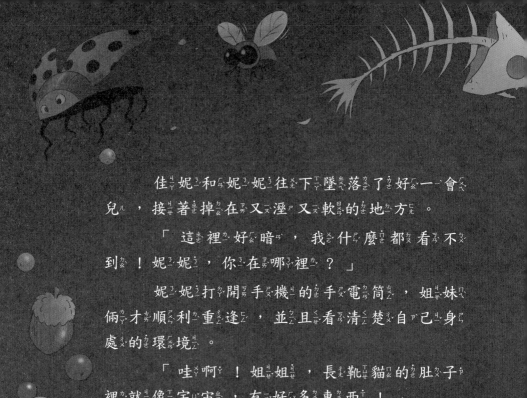

　　佳ㄐㄧㄚ妮ㄋㄧˊ和ㄏㄜˊ妮ㄋㄧˊ妮ㄋㄧˊ往ㄨㄤˇ下ㄒㄧㄚˋ墜ㄓㄨㄟˋ落ㄌㄨㄛˋ了ㄌㄜ˙好ㄏㄠˇ一ㄧ會ㄏㄨㄟˇ兒ㄦ˙，接ㄐㄧㄝ著ㄓㄜ˙掉ㄉㄧㄠˋ在ㄗㄞˋ又ㄧㄡˋ溼ㄕ又ㄧㄡˋ軟ㄖㄨㄢˇ的ㄉㄜ˙地ㄉㄧˋ方ㄈㄤ。

　　「這ㄓㄜˋ裡ㄌㄧˇ好ㄏㄠˇ暗ㄢˋ，我ㄨㄛˇ什ㄕㄜˊ麼ㄇㄜ˙都ㄉㄡ看ㄎㄢˋ不ㄅㄨˋ到ㄉㄠˋ！妮ㄋㄧˊ妮ㄋㄧˊ，你ㄋㄧˇ在ㄗㄞˋ哪ㄋㄚˇ裡ㄌㄧˇ？」

　　妮ㄋㄧˊ妮ㄋㄧˊ打ㄉㄚˇ開ㄎㄞ手ㄕㄡˇ機ㄐㄧ的ㄉㄜ˙手ㄕㄡˇ電ㄉㄧㄢˋ筒ㄊㄨㄥˇ，姐ㄐㄧㄝˇ妹ㄇㄟˋ倆ㄌㄧㄚˇ才ㄘㄞˊ順ㄕㄨㄣˋ利ㄌㄧˋ重ㄔㄨㄥˊ逢ㄈㄥˊ，並ㄅㄧㄥˋ且ㄑㄧㄝˇ看ㄎㄢˋ清ㄑㄧㄥ楚ㄔㄨˇ自ㄗˋ己ㄐㄧˇ身ㄕㄣ處ㄔㄨˇ的ㄉㄜ˙環ㄏㄨㄢˊ境ㄐㄧㄥˋ。

　　「哇ㄨㄚ啊ㄚ！姐ㄐㄧㄝˇ姐ㄐㄧㄝ˙，長ㄔㄤˊ靴ㄒㄩㄝ貓ㄇㄠ的ㄉㄜ˙肚ㄉㄨˋ子ㄗ˙裡ㄌㄧˇ就ㄐㄧㄡˋ像ㄒㄧㄤˋ宇ㄩˇ宙ㄓㄡˋ，有ㄧㄡˇ好ㄏㄠˇ多ㄉㄨㄛ東ㄉㄨㄥ西ㄒㄧ！」

　　「妮ㄋㄧˊ妮ㄋㄧˊ你ㄋㄧˇ看ㄎㄢˋ，那ㄋㄚˋ是ㄕˋ不ㄅㄨˊ是ㄕˋ蒙ㄇㄥˊ堤ㄊㄧˊ和ㄏㄜˊ他ㄊㄚ的ㄉㄜ˙家ㄐㄧㄚ人ㄖㄣˊ？」

　　姐ㄐㄧㄝˇ妹ㄇㄟˋ倆ㄌㄧㄚˇ走ㄗㄡˇ向ㄒㄧㄤˋ蒙ㄇㄥˊ堤ㄊㄧˊ和ㄏㄜˊ他ㄊㄚ的ㄉㄜ˙家ㄐㄧㄚ人ㄖㄣˊ，仔ㄗˇ細ㄒㄧˋ一ㄧ看ㄎㄢˋ，她ㄊㄚ們ㄇㄣ˙才ㄘㄞˊ發ㄈㄚ現ㄒㄧㄢˋ食ㄕˊ人ㄖㄣˊ鬼ㄍㄨㄟˇ的ㄉㄜ˙數ㄕㄨˋ量ㄌㄧㄤˋ真ㄓㄣ不ㄅㄨˋ少ㄕㄠˇ。

　　「原ㄩㄢˊ來ㄌㄞˊ長ㄔㄤˊ靴ㄒㄩㄝ貓ㄇㄠ吞ㄊㄨㄣ了ㄌㄜ˙這ㄓㄜˋ麼ㄇㄜ˙多ㄉㄨㄛ食ㄕˊ人ㄖㄣˊ鬼ㄍㄨㄟˇ！」

　　蒙堤氣憤的說：「哼！大家都
不知道，其實長靴貓是吞了很多食
人鬼的壞貓咪！」

　　姐妹倆快速的對彼此使了個眼
色，為了拿回黃金書籤，她們決定
附和蒙堤的話。

　　「長靴貓太壞了，對不對？
姐姐！」

　　「沒錯，他真是一隻壞透了的
貓咪！」

　　看到蒙堤的心情變好後，
佳妮小心翼翼的詢問：
「蒙堤，你能不能把黃金
書籤還給我們？」

　　「那我能得到什麼好處？」

「我們會幫你們逃出這裡，再讓長靴貓向你們道歉。」

被佳妮的話打動的蒙堤，從懷裡掏出黃金書籤，但是這時候，黑魔法師忽然出現，並且試圖搶走蒙堤手中的黃金書籤。

「不行！」佳妮一把拿走黃金書籤，然後牢牢護在自己的懷裡。

眼看計劃失敗，黑魔法師舉起手，用魔法製造一陣陣黑漆漆的煙霧。「把黃金書籤給我，否則我就讓這隻貓因為肚子破裂而喪命！」

「你太卑鄙了，竟然用長靴貓威脅我們！」佳妮快被黑魔法師的陰險計謀氣炸了。

妮妮跑到佳妮身邊，接著從包包拿出魔法之書。「姐姐，我們請托米幫忙吧！」

黑魔法師馬上用黑煙阻止妮妮要翻開魔法之書的手。

「你們休想找援軍！快交出黃金書籤！」

即使被阻止，佳妮和妮妮也不放開抓住魔法之書的手，讓黑魔法師更生氣了。

「哼！讓我的部下給你們一點顏色瞧瞧！」

黑魔法師用魔法召喚出《綠野仙蹤》的東國魔女和《阿拉丁》的哈斯庫斯，但就在此時，四周突然像地震一樣大力晃動。

轟隆隆！

咚

咚

咚

　　許多顆巨大的球從遠方朝佳妮一行人滾來，其中一顆還打中了蒙堤。

　　「好痛！這些是什麼東西？」被球打中的蒙堤痛得慘叫。

　　佳妮冷靜一看。「我知道了，這些是長靴貓的毛球！」

　　妮妮因為疑惑而睜大了眼睛。「長靴貓的肚子裡為什麼會有毛球？」

「貓咪清理身體時會舔身上的毛，吞下的毛在肚子裡結成團，就會形成毛球。哇啊！」

忙著說明的佳妮身旁滾來了一顆毛球，她好不容易才躲過。

「長靴貓到底吞了多少自己的毛？怎麼會有這麼多毛球！」妮妮一邊逃跑，一邊說道。

這時候，好幾顆毛球朝黑魔法師滾去。

「艾得普‧卡克卜！」

黑魔法師發射火焰來阻擋毛球，使毛球瞬間著火。

「小心！毛球變成火球了！」

佳妮帶著妮妮一起趴到地上，躲避從四面八方滾來的火球。

「黑魔法師把狀況變得更麻煩了！」妮妮氣得用力拍了地面。

突然間，地面和牆壁都激烈的晃動，讓所有人連站都站不穩。

「咳咳！咳咳！」

長靴貓發出難受的咳嗽聲。

「長靴貓好像要吐了！趕快抓住旁邊的……」

佳妮的話還沒說完，就看到眼前出現明亮的光線。

「咳咳咳！」

長靴貓把毛球和肚子裡的所有人馬都吐了出來。

佳妮和妮妮在草地上滾了一圈，長靴貓的身體則恢復成原本的大小。

「燙到我以為要沒命了……」

長靴貓鬆了一口氣，他每說一個字，嘴巴就吐出一陣黑煙。

「黑魔法師在哪裡？」

佳妮趕緊起身，卻發現自己懷裡的黃金書籤不見了。

 **哈哈哈！終於到手了！**

黑魔法師低沉的嗓音從一團黑煙中傳來，接著黑煙就消失無蹤了。

「怎麼辦？最後一張黃金書籤也被黑魔法師搶走了……」

妮妮緊抱住魔法之書，淚水在眼眶中打轉，眼看下一秒就要哭了。

　　「佳妮、妮妮！」

　　搭乘蛋糕幽浮的托米從遠方飛來，朝佳妮和妮妮揮手。

第7章　可靠的援軍

　　蛋糕幽浮快速的飛行，過了一會兒，佳妮才發現長靴貓不在幽浮上。「糟了！托米，長靴貓沒搭上來！」

　　「長靴貓穿著我的魔法衣服和長靴，沒事的。比起這件事，現在有更嚴重的問題！」

　　妮妮問托米：「什麼問題？」

　　「我們必須在黑魔法師封印黃金書籤之前阻止他，否則波普斯魔法圖書館會落入黑魔法師的手中。」

　　聽到托米的話，佳妮皺起了眉頭。「如果我能保護好最後一張黃金書籤……」

　　托米輕拍佳妮的肩膀，讓她打起精神。「振作點，現在還不能放棄！」

妮妮鬥志高昂的握緊拳頭。「托米，我們要怎麼做，才能贏過擁有十張黃金書籤的黑魔法師？」

　　「別擔心，可靠的援軍在波普斯魔法圖書館等著你們。」

蛋糕幽浮降落在波普斯魔法圖書館的庭院中，那裡聚集了彼得潘、愛麗絲、阿拉丁等佳妮和妮妮曾旅行過的王國的角色們。

　　看到熟悉的好朋友，姐妹倆非常開心，但隨即想起現在的狀況非常緊急，也顧不得和大家打招呼了。

　　朵爾公主用手指向不遠處的天空，一行人也往那個方向看。

你們看！

一一團黑煙正迅速朝波普斯魔法圖書館飛來。

「哈哈哈哈哈！」

煙霧散去後，現身的正是黑魔法師，十張黃金書籤則在他身旁飄浮。

「你們是來迎接范特西爾的新主人嗎？」黑魔法師得意的笑著。

托米忍不住責罵：「你知道自己犯下大錯了嗎？竟然還不知悔改！」

我沒有錯！我只是在爭取應有的權利！

黑魔法師馬上否認，卻讓托米更生氣，於是對黑魔法師展開攻擊。

砰！咚！

托米沒料到黑魔法師能躲開自己的攻擊，甚至進行反擊，使他一時大意，被黑魔法師的魔法擊中而倒下。佳妮和妮妮趕緊扶起托米。

佳妮對黑魔法師大喊：「如果范特西爾毀滅，孩子們的童心也會被破壞啊！」

「關我什麼事！」

這次換妮妮指責：「你也是范特西爾的一分子呀！」

黑魔法師的臉色變得更灰暗，似乎更生氣了。「那又如何！我將成為范特西爾的王，波普斯魔法圖書館也是我的了！」

黑魔法師伸出雙手，烏雲瞬間覆蓋住天空。

哐哐哐！

轟天雷聲伴隨著刺眼閃電而來，黑色雨滴淋溼了在場每個人，但沒有人因此退縮。

「我們不會讓你得逞！」

以彼得潘為首，范特西爾的角色們團結合作，誓言阻止黑魔法師。

托米的身體脹大，同時冒出許多天藍色的魔法文字，接著它們像海浪一樣往四面八方散開，被魔法文字打中的反派們紛紛倒下。

「你一口氣使用這麼多魔力，現在已經不是我的對手了！」

黑魔法師飛向施展強力魔法後非常疲倦的托米，看到這個景象的佳妮和妮妮更是焦急。此時，妮妮輕輕拉了一下佳妮的袖子。

「姐姐，你看那裡！」

呼呼！
呼呼！

哈哈哈！

　　佳ㄐㄧㄚ妮ㄋㄧˊ往ㄨㄤˇ妮ㄋㄧˊ妮ㄋㄧˊ指ㄓˇ的ㄉㄜ˙方ㄈㄤ向ㄒㄧㄤ一ㄧ看ㄎㄢˋ，長ㄔㄤˊ靴ㄒㄩㄝ貓ㄇㄠ正ㄓㄥˋ抓ㄓㄨㄚ著ㄓㄜ˙黑ㄏㄟ魔ㄇㄛˊ法ㄈㄚˇ師ㄕ的ㄉㄜ˙披ㄆㄧ風ㄈㄥ下ㄒㄧㄚˋ襬ㄌㄞˇ，隨ㄙㄨㄟˊ著ㄓㄜ˙對ㄉㄨㄟˋ方ㄈㄤ的ㄉㄜ˙動ㄉㄨㄥˋ作ㄗㄨㄛˋ而ㄦˊ搖ㄧㄠˊ搖ㄧㄠˊ晃ㄏㄨㄤˋ晃ㄏㄨㄤˋ，看ㄎㄢˋ起ㄑㄧˇ來ㄌㄞˊ隨ㄙㄨㄟˊ時ㄕˊ都ㄉㄡ會ㄏㄨㄟˋ掉ㄉㄧㄠˋ下ㄒㄧㄚˋ來ㄌㄞˊ。

　　看ㄎㄢˋ到ㄉㄠˋ長ㄔㄤˊ靴ㄒㄩㄝ貓ㄇㄠ也ㄧㄝˇ在ㄗㄞˋ這ㄓㄜˋ裡ㄌㄧˇ，姐ㄐㄧㄝˇ妹ㄇㄟˋ倆ㄌㄧㄚˇ既ㄐㄧˋ高ㄍㄠ興ㄒㄧㄥˋ又ㄧㄡˋ擔ㄉㄢ心ㄒㄧㄣ。

妮妮朝長靴貓大喊：「長靴貓，你在那裡做什麼？」

「那裡好危險！你快點下來！」佳妮也一起大喊。

「我要 $#^^@*#%$@！」

雖然長靴貓回答了，姐妹倆卻因為距離太遠而聽不清楚。

在這段期間，黑魔法師和托米的戰鬥更激烈了。然而，使用太多魔力的托米，漸漸的連移動都很吃力，黑魔法師沒有放過這個大好機會，不斷使出更凌厲的攻擊。

大魔法師托米，
你到此為止了！

黑魔法師伸出雙手，黑煙組成的龍捲風隨即朝托米飛去。黑魔法師的披風因為強勁的風力而不斷飄蕩，抓著下襬的長靴貓也左右搖晃。

托米使出所剩不多的力氣，朝一旁的佳妮和妮妮大喊：「你們快離開范特西爾！」

當害怕的姐妹倆不知所措時，被黑魔法師的龍捲風打中的托米立刻倒在地上。

「啊啊啊！」

托米疼得大叫，佳妮和妮妮急忙上前察看，再把他扶起來。

虛弱的托米對姐妹倆說：「現在離開范特西爾，你們就不會有事了，快走！」

「那托米你該怎麼辦？范特西爾和大家又該怎麼辦？」佳妮非常焦急的詢問。

托米看了一眼佳妮和妮妮，也沒有回答佳妮的問題，就直接朝黑魔法師飛去。

「特得烏斯‧可達滴！」

黑(ㄏㄟ)魔(ㄇㄛ)法(ㄈㄚ)師(ㄕ)念(ㄋㄧㄢ)出(ㄔㄨ)魔(ㄇㄛ)咒(ㄓㄡ)，他(ㄊㄚ)手(ㄕㄡ)上(ㄕㄤ)的(ㄉㄜ)黑(ㄏㄟ)煙(ㄧㄢ)馬(ㄇㄚ)上(ㄕㄤ)變(ㄅㄧㄢ)成(ㄔㄥ)一(ㄧ)把(ㄅㄚ)劍(ㄐㄧㄢ)。

「無(ㄨ)論(ㄌㄨㄣ)用(ㄩㄥ)什(ㄕ)麼(ㄇㄜ)方(ㄈㄤ)法(ㄈㄚ)，我(ㄨㄛ)都(ㄉㄡ)要(ㄧㄠ)阻(ㄗㄨ)止(ㄓ)你(ㄋㄧ)繼(ㄐㄧ)續(ㄒㄩ)為(ㄨㄟ)非(ㄈㄟ)作(ㄗㄨㄛ)歹(ㄉㄞ)！」

托(ㄊㄨㄛ)米(ㄇㄧ)也(ㄧㄝ)用(ㄩㄥ)魔(ㄇㄛ)法(ㄈㄚ)變(ㄅㄧㄢ)出(ㄔㄨ)藍(ㄌㄢ)色(ㄙㄜ)的(ㄉㄜ)盾(ㄉㄨㄣ)牌(ㄆㄞ)，正(ㄓㄥ)面(ㄇㄧㄢ)接(ㄐㄧㄝ)下(ㄒㄧㄚ)黑(ㄏㄟ)魔(ㄇㄛ)法(ㄈㄚ)師(ㄕ)的(ㄉㄜ)攻(ㄍㄨㄥ)擊(ㄐㄧ)。

佳(ㄐㄧㄚ)妮(ㄋㄧ)非(ㄈㄟ)常(ㄔㄤ)緊(ㄐㄧㄣ)張(ㄓㄤ)。「怎(ㄗㄣ)麼(ㄇㄜ)辦(ㄅㄢ)？我(ㄨㄛ)覺(ㄐㄩㄝ)得(ㄉㄜ)托(ㄊㄨㄛ)米(ㄇㄧ)好(ㄏㄠ)像(ㄒㄧㄤ)會(ㄏㄨㄟ)輸(ㄕㄨ)！」

　　一旁的妮妮也焦急的踩腳。「狀況都這麼緊急了，長靴貓怎麼還掛在那裡啊！」

　　這時候，佳妮的腦中忽然閃過一個畫面：在緊緊包覆黑魔法師的披風下，有一個蜷縮著身體的男生。

　　「對了，或許披風就是關鍵！」佳妮恍然大悟的說著。

　　黑᷿魔᷿法᷿師᷿朝᷿托᷿米᷿揮᷿劍᷿，雖᷿然᷿托᷿米᷿及᷿時᷿以᷿盾᷿牌᷿抵᷿擋᷿，但᷿還᷿是᷿不᷿敵᷿黑᷿魔᷿法᷿師᷿的᷿威᷿力᷿，身᷿體᷿因᷿為᷿衝᷿擊᷿而᷿往᷿後᷿退᷿了᷿一᷿點᷿。

　　「我᷿要᷿使᷿出᷿全᷿力᷿了᷿。」黑᷿魔᷿法᷿師᷿冷᷿笑᷿著᷿說᷿道᷿。

　　托᷿米᷿沒᷿有᷿回᷿應᷿，而᷿是᷿深᷿呼᷿吸᷿，再᷿次᷿脹᷿大᷿身᷿體᷿。

「你連說話的力氣都沒有了！」

黑魔法師再次將劍尖指向托米。

妮妮很想幫托米的忙，拿出每次危急時刻都能幫上忙的魔法之書，卻發現一件怪事。「姐姐，我翻不開魔法之書！」

佳妮也翻不開。因為托米沒告訴過她們，魔法之書只能在波普斯魔法圖書館以外的地方使用。

佳妮讓自己冷靜，接著對妮妮說：「我想起在來范特西爾之前，我做的惡夢內容了，我在黑魔法師的披風裡看到一個男生。」

妮妮疑惑的問道：「你覺得披風是打倒黑魔法師的關鍵？」

「沒錯，那個男生像是被關在披風裡面……」

這時候，不遠處傳來長靴貓的尖叫聲。

「呀啊啊！哇啊啊！」

佳妮非常無奈。「長靴貓，你在那裡也幫不上忙，快下來啦！」

101

妮妮對佳妮說：「姐姐，長靴貓會不會也知道關鍵就在披風裡，所以一直不下來？」

姐妹倆這才發現，長靴貓說要打敗黑魔法師的話，或許不是吹牛。

「即使如此，憑長靴貓一己之力還是太困難了，我們去幫忙吧！」

姐妹倆爬到波普斯魔法圖書館的屋頂，佳妮站到欄杆上，妮妮則抓住佳妮的一隻手，幫忙穩住她。

終於到了可以聽到彼此說話聲的距離，長靴貓慌張的問姐妹倆：「你們要做什麼？」

「我们要帮你把黑魔法师的披风脱下来！」

「没用的！旅行者根本碰不到黑魔法师！」

佳妮不相信长靴猫说的话，伸手就想拉下黑魔法师的披风。

然而，就像長靴貓說的，佳妮的手直接穿過黑魔法師的披風。

　　「怎麼會這樣！」

　　「因為你們是旅行者，這場戰鬥必須由范特西爾的居民親自了結！」長靴貓說道。

　　佳妮和妮妮互看一眼，在這短短一瞬間，姐妹倆的心靈就相通了。

　　佳妮對長靴貓說：「那我們可以幫你吧？你快把我們吞下肚！」

　　長靴貓先是睜大眼睛，接著笑了出來。「你們真是聰明！」

長靴貓跳到欄杆上並張大嘴巴，把佳妮和妮妮吸進肚子裡，然後跳回黑魔法師的披風上。

原本以長靴貓的體重怎麼也脫不下來的披風，這時候因為吞下姐妹倆，長靴貓的身體變得又大又重，眼看就快把披風脫下來了。

「大魔法師托米，再見了！」

黑魔法師向托米揮劍，此時——

嚓！

黑魔法師的披風破掉了。

身體怎麼這麼重……

啊！

撕裂！

披風一破掉，黑魔法師周遭的黑煙瞬間變成暴風，威力強大到像要吞沒整個波普斯魔法圖書館。

不知道過了多久，暴風才逐漸平息，長靴貓也把姐妹倆吐了出來。

佳妮和妮妮四處張望，波普斯魔法圖書館被暴風襲捲後凌亂不堪，長靴貓和其他王國的角色們不知何時都消失了。

咻咻咻咻！

姐妹倆因為迎面而來的一陣微風，不禁閉上雙眼。

「佳妮、妮妮，快看這裡！」

在熟悉聲音的引導下，姐妹倆睜開眼睛，眼前是一個穿著藍色衣服的男生。

「我是托米，我變回原本的樣子了。」男生露出溫柔的笑容。

姐妹倆高興的拍手。「你身上的魔咒解開了？太好了！」

106

姐妹倆跟著托米走進波普斯魔法圖書館，中央的廣場上躺著一個身穿黑色衣服的男生。

佳妮覺得自己似乎在哪裡看過這個男生，仔細回想後，終於想起來是在惡夢中。「托米，他該不會就是黑魔法師的真面目吧？」

托米點點頭，然後對男生說：「醒一醒！」

「我的……黃金書籤……」

「一切都結束了，你放棄吧！」

托米的手一揮，十張黃金書籤就出現在空中。接著托米的手轉一圈，十張黃金書籤就飛進書架上的書本間消失了。

「好神奇！」

妮妮看得雙眼閃閃發光，佳妮則是終於鬆了一口氣。

「佳妮、妮妮，這段時間辛苦你們了，多虧你們，范特西爾才能恢復和平。」

「你為什麼會變成黑魔法師？」妮妮走到縮起身子的黑衣男生旁邊。

男生冷笑了一下。「說了又怎樣，你們不會懂的！」

佳妮蹲下來，用同樣高的視線和男生對話。「你不說，怎麼知道我們不懂呢？」

感受到佳妮釋出的善意，男生猶豫了一會兒，才緩緩開口。

「我也是一個故事的主角，住在那個故事的王國裡，但是那裡沒有其他人，我好孤獨，所以……」

佳妮驚訝的追問：「那個王國只有你一個人？」

「對，連創造那個故事的作者都沒有來過。」

「你和你的故事叫什麼名字？」妮妮自認看過不少書，覺得自己或許看過男生的故事。

男生搖搖頭。「我不記得了，名字、生活過的地方……我變成黑魔法師太久，什麼都記不起來了。」

托米用和以往不同的冷漠嗓音說道：「雖然你有苦衷，但是你傷害了太多人，罪大惡極。我要把你關進波普斯魔法圖書館的監獄，讓你永遠無法出來。」

托米伸出手，同時發出強烈的藍色光芒，讓男生忍不住緊閉眼睛。

　　結束在范特西爾的冒險，佳妮和
妮妮回到現實世界已經一個月了，魔
法之書再也沒有發光過，托米也沒有
再現身。

　　在某個平凡的週六，姐妹倆吃完
午餐後，去了家裡附近的圖書館。

　　「妮妮，你在哪裡？」

　　佳妮小聲的在圖書館二樓尋找，
經過好幾座書架後，發現了坐在角落
看書的妮妮。

「姐姐，你快過來看！」

看到妮妮拿著的書發出熟悉的光芒，佳妮驚訝得差點大叫，幸好她及時搗住自己的嘴巴。

佳妮坐到妮妮身旁，接著——

佳妮、妮妮，好久不見！

　　托米帶佳妮和妮妮進入書中，
再次來到范特西爾的波普斯魔法圖書
館，姐妹倆發現那裡看起來比以往更
漂亮且有活力。

　　「托米，剛剛那本書又不是魔法
之書，你怎麼會從裡面出來？」妮妮
好奇的問道。

　　托米笑著說：「范特西爾恢復和

114

平&後&，與現&實&世&界&的&聯&繫&也&恢&復&了&，
我&能&透&過&書&籍&前&往&現&實&世&界&，擁&有&純&
真&童&心&的&人&也&能&透&過&書&籍&來&到&范&特&西&
爾&。」

　　佳&妮&不&禁&感&嘆&：「我&們&第&一&次&來&
波&普&斯&魔&法&圖&書&館&的&時&候&，只&有&館&員&
在&工&作&，現&在&有&這&麼&多&人&在&這&裡&看&
書&，真&是&太&好&了&！」

「是的，身為守護這裡的人，看到波普斯魔法圖書館恢復過去的熱鬧景象，我真的很高興。」

托米看向窗外的天空，佳妮和妮妮也順著他的視線看出去，那裡有數不清的旅行者被閃耀著光芒的書本引導到范特西爾來。

妮妮羨慕的說：「真好！那些人要去哪裡冒險呢？」

佳妮附和著說：「無論去哪裡都好，我也想和他們一樣，拜訪不同的故事王國。」

「只要翻開書，你們隨時都能展開新的冒險。」

托米的話讓佳妮滿懷期待：「托米，你能和我們一起去嗎？」

「抱歉，我必須守護波普斯魔法圖書館。」托米遺憾的說。

這時候，妮妮輕輕拉了佳妮的袖子，兩人往妮妮指的方向看去，那裡有一個穿著白色衣服的男生。

姐妹倆走近曾經是黑魔法師的白衣男生，佳妮率先開口：「好久不見，沒想到你會在這裡。」

　　妮妮也朝男生揮手。「我還擔心你會不會被關進監獄，幸好沒有。」

　　「多虧了托米。」男生有點害羞的低下頭。

　　佳妮好奇的問：「你在做什麼？」

　　「我在整理書，托米讓我在這裡工作來贖罪，直到我想起自己的名字。」男生說道。

　　佳妮和妮妮點點頭，很高興托米願意給這個男生改邪歸正的機會。

　　「謝謝你們，還好有你們，我才能重生。」男生抬頭看向姐妹倆，露出燦爛的笑容。

　　「你想起自己的王國是什麼樣子了嗎？」

　　男生沉默了一會兒，才回答佳妮的問題：「那是個和平又美麗的地方，有高山、大海，以及小小的港

口，村子中央還有一座可以看到壯觀景色的高塔。」

妮妮的雙眼閃閃發光。「真的嗎？我想去看看！」

男生搖搖頭。「有點困難，托米也不知道我的王國在哪裡，因為范特西爾一天內會產生數萬個王國。」

「難道沒辦法找到你的王國嗎？」佳妮覺得很遺憾的追問。

「必須找回我變成黑魔法師之前的記憶，或者……」

「或者？」

如果有旅行者透過書來拜訪那個王國，身為主角，我也會被召喚回去。

男生一邊說，一邊陷入回憶，想起他從黑魔法師變回原樣，托米朝他伸出手的瞬間——

佳妮和妮妮像約好似的，同時挺身護住剛從黑魔法師變回原樣的黑衣男生。

「托米，給他一次機會吧！」

　　「不行，他企圖破壞波普斯魔法圖書館，還想支配范特西爾，一定要好好懲罰他！」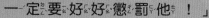

「我們應該給他贖罪的機會，再讓他向大家道歉。」

　　「你們為什麼袒護他？他明明一次又一次攻擊你們！」

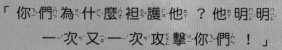

「可是……這樣好了，請他寫悔過書吧！」

　　「沒錯，比起懲罰，重要的是反省，讓他明白自己的所作所為錯在哪裡，之後才不會再犯。」

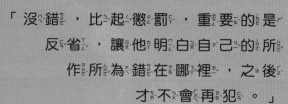「而且他也是生活在范特西爾的故事主角啊！」

妮妮最後的一番話成了關鍵，讓托米恍然大悟，拍了一下大腿。

「我差點忘了，我身為波普斯魔法圖書館的守護者，必須守護范特西爾所有故事的角色，包括不是自願變成黑魔法師的你的心情，我也應該理解才對。」

　　　　　　　　　　　　　　「……」

「你想找回自己的名字，對吧？」

　　　　「對，名字和生活過的地方，我都想記起來。」

「我可以幫你，但你必須先為自己做過的事付出代價。」

　　男生點點頭，接著托米再次朝他伸出手。

佳妮和妮妮再次睜開眼睛時，兩人已經回到現實世界，在那個托米從書裡冒出來找她們的地方。

　　「唉！我們的冒險結束了嗎？」佳妮意猶未盡的說。

　　妮妮猛然起身。「不，真正的冒險現在才要開始！」

　　像是在找很重要的東西似的，妮妮的神情非常專注，並且快速瀏覽書架上的書名。

　　「姐姐，你快來看！」妮妮從書架上抽出一本書。

　　「怎麼了？」佳妮疑惑的走到妮妮身旁。

　　「這本書看起來很有趣，會不會是那個男生的故事？」

　　妮妮把書拿給佳妮看，佳妮的眼中也散發出好奇的光芒。

　　「讀了就知道！我們借這本書回家看吧！」

魔法圖書館・完

榮譽居民證

感謝大家和我們一起度過這段時光，我們有準備東西要給你們。

范特西爾榮譽居民證

和我們一起去范特西爾

尋找黃金書籤的讀者

_____，我以感激的心，

代表范特西爾的所有居民，

頒發此證書給您。

請在空格填入你的名字。

____年____月____日

波普斯魔法圖書館　托米

魔法圖書館的群組

托米邀請佳妮和妮妮加入群組。

 佳妮、妮妮，你們這段時間真的辛苦了！

 哈哈！不能說不辛苦，但是比起辛苦，更多的是快樂的回憶。

 謝謝你們，你們是范特西爾的英雄。

 多虧托米給我們機會，我們才要謝謝你。

 各個故事的角色都和我們一起戰鬥，大家都是英雄！尤其是長靴貓，他真是可愛！

 作者把長靴貓打造得既可愛又帥氣，他和我們一樣喜歡動物嗎？

 我不確定，因為〈穿長靴的貓〉是從很久以前就流傳歐洲的故事，不是夏爾·佩羅從無到有創作出來的。

 原來〈穿長靴的貓〉和〈糖果屋〉一樣，是改寫過去的故事而成啊！

 沒錯，貓咪輔佐主人的故事有數百個版本，甚至有一個版本不是貓咪而是狐狸，也有版本沒提到長靴，是夏爾·佩羅把這麼多版本整理、編輯成一個故事。

 這麼說來，我記得〈灰姑娘〉和〈藍鬍子〉這兩則故事，在格林兄弟的《格林童話》和夏爾·佩羅的《鵝媽媽的故事》這兩本書中都能看到。

 因為這兩本書都是整理歐洲流傳的故事而成，所以才有重複的故事，但是夏爾·佩羅比格林兄弟早了115年。

 真好奇！托米，多說點夏爾·佩羅的事吧！

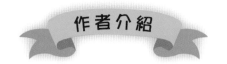

夏爾・佩羅

Charles Perrault

1628年1月12日～1703年5月16日
法國的詩人與作家

〈小紅帽〉、〈睡美人〉、〈灰姑娘〉等至今仍聞名全世界的童話，最早被收錄進書裡是在1697年，由法國作家夏爾・佩羅編輯而成的《鵝媽媽的故事》。

夏爾出生在法國巴黎一個富裕的家庭中，是家裡七個孩子中最小的孩子，自幼便接受良好的教育。長大後，他擔任財務大臣的祕書，同時為王室寫作，與王室保持密切的關係。1672年，夏爾與妻子結婚後生下三男一女，一家人過著和樂的生活。但是夏爾的妻子不久後便過世了，上司的財務大臣也去世了，政治圈因此開始疏遠夏爾，使他下定決心離職，專心撫養四名兒女。

1695年，為了在工作的同時照顧兒女，夏爾投身寫作，改寫了〈小紅帽〉、〈睡美人〉、〈灰姑娘〉及〈穿長靴的貓〉等作品，並彙集成《鵝媽媽的故事》這本書出版。當時世人對古希臘和羅馬的經典作品，或是根據經典衍生的作品的評價比較高，所以童話難以作為獨立的文種而占有一席之地。不過夏爾蒐集歐洲各地從以前流傳下來的故事，編輯而成的《鵝媽媽的故事》引起了極大的回響，使他迅速成名，並且在後世被認為是現代童話故事的奠基人。

時至今日，《鵝媽媽的故事》中有許多故事被改編成歌劇、音樂劇、電影等，並且流傳到世界各地，受到孩子們的喜愛，使夏爾得到「童話之父」的美名。

法國插畫家古斯塔夫・多雷畫的
〈穿長靴的貓〉。

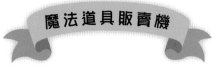

為了拜訪范特西爾的旅行者，托米準備了
魔法道具當作禮物。
選出你想要的道具，畫上記號，
在底下寫上你的理由吧！

吃了會生病的
超級無敵好吃糖果

戴上後記憶力
會成長兩倍的王冠

喝下後會聽到
別人真心話的藥水

帶著牠10年內只會
發生好事的蒼蠅

配戴後每個人都會
喜歡上你的玫瑰

每天都有不好吃的
茶水和甜點的桌子

只可以讓時間倒回
一分鐘前的時鐘

吃一口變成大人，吃
兩口變回小孩的蘑菇

會講人類的話但總是
喋喋不休的小狗

寫下你想要這個魔法道具的理由

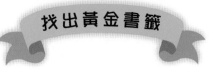

找出黃金書籤

佳妮和妮妮為了找回最後一張黃金書籤而奮戰，
請你避開毛球和食人鬼，
幫姐妹倆找到最後的黃金書籤吧！

起點

終點

▶答案在後面唷！

國家圖書館出版品預行編目（CIP）資料

魔法圖書館 10 長靴貓的戰鬥 / 安成燻作；李景姬繪
；石文穎譯 . -- 初版 . -- 新北市：大眾國際書局，
2023.4
136 面；15x21 公分 . --（魔法圖書館 ；10）
譯自：간니닌니 마법의 도서관 . 10, 장화 신은 고양이
ISBN 978-626-7258-14-9（平裝）

862.599   112002764

小公主成長學園CFF034

魔法圖書館 10 長靴貓的戰鬥

作　　　　者	安成燻
繪　　　　者	李景姬
監　　　　修	工作室加嘉
譯　　　　者	石文穎

總　編　輯	楊欣倫
執　行　編　輯	徐淑惠
特　約　編　輯	林宜君
封　面　設　計	張雅慧
排　版　公　司	芊喜資訊有限公司
行　銷　統　籌	楊毓群

出　版　發　行	大眾國際書局股份有限公司　大邑文化
地　　　　址	22069 新北市板橋區三民路二段 37 號 16 樓之 1
電　　　　話	02-2961-5808（代表號）
傳　　　　真	02-2961-6488
信　　　　箱	service@popularworld.com
大邑文化 FB 粉絲團	http://www.facebook.com/polispresstw

總　經　銷	聯合發行股份有限公司
	電話　02-2917-8022　　傳真　02-2915-7212

法　律　顧　問	葉繼升律師
初　版　一　刷	西元 2023 年 4 月
定　　　　價	新臺幣 280 元
I　S　B　N	978-626-7258-14-9

大邑文化讀者回函

謝謝您購買大邑文化圖書，為了讓我們可以做出更優質的好書，我們需要您寶貴的意見。回答以下問題後，請沿虛線剪下本頁，對折後寄給我們（免貼郵票）。日後大邑文化的新書資訊跟優惠活動，都會優先與您分享喔！

✍ 您購買的書名：_____

✍ 您的基本資料：

　　姓名：_____，生日：____年____月____日，性別：□男　□女

　　電話：_____，行動電話：_____

　　E-mail：_____

　　地址：□□□-□□_____縣／市_____鄉／鎮／市／區

　　　　　_____路／街_____段_____巷_____弄_____號_____樓／室

✍ 職業：

　　□學生，就讀學校：_____，_____年級

　　□教職，任教學校：_____

　　□家長，服務單位：_____

　　□其他：_____

✍ 您對本書的看法：

　　您從哪裡知道這本書？□書店　□網路　□報章雜誌　□廣播電視

　　□親友推薦　□師長推薦　□其他_____

　　您從哪裡購買這本書？□書店　□網路書店　□書展　□其他_____

✍ 您對本書的意見？

　　書名：□非常好□好□普通□不好　　封面：□非常好□好□普通□不好

　　插圖：□非常好□好□普通□不好　　版面：□非常好□好□普通□不好

　　內容：□非常好□好□普通□不好　　價格：□非常好□好□普通□不好

✍ 您希望本公司出版哪些類型書籍（可複選）

　　□繪本□童話□漫畫□科普□小說□散文□人物傳記□歷史書

　　□兒童/青少年文學□親子叢書□幼兒讀本□語文工具書□其他_____

✍ 您對這本書及本公司有什麼建議或想法，都可以告訴我們喔！

_____

_____

_____

大邑文化

220-69
新北市板橋區三民路二段 37 號 16 樓之 1

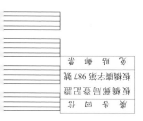

寄件人地址：
□□□-□□
縣/市 鄉/鎮/市/區
路/街 段 巷 弄 號 樓/室

廣 告 回 信
板橋郵局登記證
板橋廣字第 987 號
免 貼 郵 票

大邑文化

服務電話：（02）2961-5808（代表號）

傳真專線：（02）2961-6488

e-mail：service@popularworld.com

大邑文化 FB 粉絲團：http://www.facebook.com/polispresstw

第129頁的答案。